Kinderbuch ab 6 Jahren

mit vielen Bildern und Abenteuer

Autorin:

Geboren 1965 und verheiratet, fand Maibrit Paeger, Mutter von 5 Kindern und bisher 5 Enkeln, schon in jungen Jahren Freude am Schreiben.
Trotz ihrer Leidenschaft hat sie bisher nie die Gelegenheit zur Veröffentlichung genutzt.

Sie war früher ein schüchternes Mädchen, jedoch dort, wo sie sich geborgen fühlte, konnte sie sehr aufdrehen und ihrer Fantasie freien Lauf lassen.

Inspiriert von ihren Enkel/innen, die ihr eine neue kreative Richtung wiesen, erkundete sie zunächst DIY und Upcycling von Textilien.

Auf der Suche nach Selbstverwirklichung fand sie schließlich wieder zurück zur Schreibkunst, die ihre ursprüngliche Leidenschaft war.

Maibrit Paeger

Maibrit Paeger

Der Osterhase und das kleine Kätzchen Fufu

Zauberhafte Abenteuer in den Osterferien

und ein Jahr später...

Inhalt:

1. Geschichte: *"Fufus Abenteuer mit dem Osterhasen: Ein tierisches Osterfest im Garten"*

Fufu war ein neugieriges Kätzchen, das gerne im Garten spielte. Eines Tages entdeckte sie einen großen, weißen Hasen mit einem Korb voller Eier und Süßigkeiten.

"Was machst du da?" fragte Fufu.

"Ich bin der Osterhase. Ich verstecke Geschenke für die Kinder", sagte der Hase.

"Kann ich dir helfen?" fragte Fufu.

"Ja, aber du darfst nichts verraten", sagte der Hase.

Fufu half dem Hasen, die Eier und Süßigkeiten im Garten zu verstecken. Dann verabschiedeten sie sich und wünschten sich ein frohes Osterfest.

Fufu ging ins Haus und erzählte Frau Miller von ihrem Abenteuer. Frau Miller lobte sie und sagte, dass sie morgen die Geschenke suchen würden. Fufu freute sich darauf und träumte vom Osterhasen.

2. Geschichte: *"Ein zauberhafter Ostermorgen: Fufus Suche nach Ostereiern und die Überraschung von Frau Miller"*

Fufu wachte am Ostersonntag auf und wollte die Ostereier und Süßigkeiten suchen. Sie weckte Frau Miller und ging mit ihr in den Garten. Sie fanden viele bunte Eier und leckere Süßigkeiten. Fufu durfte etwas Schokolade naschen.

"Du bist ein sehr braves Kätzchen, Fufu. Du hast mir sehr geholfen. Ich habe auch noch etwas für dich. Ein besonderes Geschenk", sagte Frau Miller und gab Fufu ein kleines Päckchen.

Fufu öffnete es und sah einen kleinen, flauschigen Hasen.

"Ein Hase! Ein Hase wie der Osterhase!", rief Fufu.

"Ja, ein Hase wie der Osterhase. Er ist dein neuer Freund. Er heißt Hopsi. Gefällt er dir?", fragte Frau Miller.

"Ja, er gefällt mir sehr. Danke, Frau Miller. Das ist das schönste Geschenk, das ich je bekommen habe. Ich liebe dich!", sagte Fufu und drückte den Hasen an sich.

Fufu war sehr glücklich und dankbar. Sie freute sich auf den Ostermontag. Sie wollte mit Frau Miller und Hopsi spazieren gehen und die anderen Kinder besuchen. Sie war das glücklichste Kätzchen.

3. Geschichte: *"Geheimnisvolle Zauberkisten: Ein Tag voller Überraschungen auf dem Osterfest"*

Am Ostermontag gingen Fufu, Frau Miller, Paulchen und Leni zum Osterfest im Dorf. Sie suchten nach Ostereiern, Süßigkeiten und kleinen Geschenken. Paulchen und Leni fanden in einem Zelt eine Zaubertante, die ihnen je eine Zauberkiste schenkte. Sie sagte: "In jeder Kiste ist etwas, das ihr euch wünscht. Aber ihr dürft sie erst öffnen, wenn ihr zu Hause seid. Dann werdet ihr eine Überraschung erleben. Aber ihr müsst mir versprechen, dass ihr heute niemandem davon erzählt. Das ist unser Geheimnis." Paulchen und Leni versprachen es und nahmen die Kästchen. Sie sagten nichts von den Zauberkisten zu Fufu und Frau Miller. Am Abend gingen sie nach Hause und wollten die Kästchen öffnen, aber sie trauten sich nicht. Sie beschlossen, sich mit ihren Freunden Anna und Felix zu treffen, um mit ihnen gemeinsam die Zauberkisten zu öffnen...

4. *Geschichte: "Ein tierisches Abenteuer: Fufus Freunde und die geheimnisvollen Zauberkisten"*

Paulchen und Leni wollten ihren Freunden Anna und Felix ihre Zauberkisten zeigen. Sie hatten sie von der Zaubertante bekommen. Sie gingen zu ihnen nach Hause und öffneten die Kisten. Sie holten die Sachen heraus, die sie sich gewünscht hatten.

Fufu und Hopsi wollten den neuen Nachbarshund Bello kennen lernen. Er war ein großer, schwarzer Labrador. Er war sehr freundlich und verspielt. Sie gingen zu ihm und stellten sich vor.

"Hallo, Bello. Wir sind Fufu und Hopsi. Wir wohnen nebenan. Wir wollen deine Freunde sein." sagten sie.

"Hallo, ihr beiden. Ich bin Bello. Ich bin noch neu hier. Ich bin noch etwas einsam. Ich habe noch keine Freunde hier." sagte er.

"Das ist schade. Aber das wird sich bald ändern. Wir sind deine Freunde. Und wir kennen noch viele andere Tiere, die auch deine Freunde sein wollen.

Komm mit uns, wir zeigen dir das Dorf." sagten sie.

Sie gingen mit ihm spazieren und zeigten ihm das Dorf. Sie trafen auch andere Tiere, die sie kannten. Sie luden ihn ein, mit ihnen zu spielen. Bello hatte viel Spaß mit Fufu und Hopsi. Er fühlte sich nicht mehr einsam. Er fühlte sich zu Hause.

5. Geschichte: *"Kreative Pläne und Überraschungen: Fufus Freunde entdecken ihre besonderen Geschenke"*

Paulchen und Leni hatten Zauberkisten von der Zaubertante bekommen. In Paulchens war eine Malerausstattung, und in Lenis eine Nähmaschine. Sie wollten Fufu damit etwas Schönes machen.

"Die Zaubertante hat euch wirklich etwas Besonderes gegeben. Ihr habt Glück gehabt." sagte Anna.

"Wir wollen Fufu etwas Schönes machen. Er ist unser bester Freund." sagte Leni. "Ich möchte ihn mit Hopsi malen. Und ich möchte ihm eine Jacke nähen." sagten Paulchen und Leni. "Das sind tolle Ideen. Fufu wird sich bestimmt sehr darüber freuen." sagte Felix.

Sie gingen nach Hause und bereiteten ihre Sachen vor. Sie lernten, wie sie die Malerausstattung und die Nähmaschine benutzen konnten. Sie machten sich einen Plan, wie sie ihre Geschenke machen wollten.

6. Geschichte: *"Geschenke der Freundschaft: Ein künstlerisches Abenteuer mit Fufu und Hopsi"*

Paulchen und Leni wollten Fufu und Hopsi eine Freude machen.

Sie malten ein Bild von ihnen und nähten jedem eine Jacke.

Sie zeigten ihnen ihre Geschenke.

"Das sind die schönsten Geschenke, die wir je bekommen haben.

Ihr seid so talentiert und so nett. Wir lieben euch!" sagten Fufu und Hopsi. "Wir lieben euch auch. Ihr seid unsere besten Freunde." sagten Paulchen und Leni.

Sie schickten ein Foto von sich an die Zaubertante. Sie bedankten sich bei ihr für ihre Zauberkisten. Die Zaubertante lobte sie und wünschte ihnen alles Gute. Paulchen und Leni waren glücklich und dankbar. Sie spielten, lachten und kuschelten mit Fufu und Hopsi. Sie hatten viel Spaß.

7. Geschichte: "Magische Küken: Eine tierische Überraschung im Wald"

Die vier Freunde gingen am Mittwoch in den Wald und fanden leuchtende Ostereier in einer Höhle. Sie wussten nicht, wer sie dorthin gelegt hatte.

"Vielleicht sind das ja die Eier vom Osterhasen", sagte Paulchen. "Oder vielleicht sind es ja Fallen", sagte Felix.

Sie hörten ein Knacken und sahen, wie aus den Eiern Küken schlüpfen. Sie fanden die Küken sehr niedlich und spielten mit ihnen. Fufu und Hopsi kamen dazu und freuten sich auch. Der Osterhase beobachtete sie und lächelte. Er hat ihnen die Eier geschenkt.

Die Kinder nahmen die Küken mit nach Hause und gaben sie Frau Miller. Sie mochte Tiere und nahm sie gerne auf. Sie bedankte sich bei den Kindern und lobte sie. "Danke, dass ihr euch um die Küken kümmert. Ihr seid sehr lieb", sagte sie. Die Kinder besuchten die Küken oft und hatten viel Spaß mit ihnen.

8. Geschichte: *"Die Abenteuerlustige: Ein Märchen vom Dorfteich und dem Osterhasen"*

Die Kinder, Fufu und Hopsi trafen sich am Dorfteich, wie sie es verabredet hatten. Der Dorfteich war voller Tiere. Die Kinder liebten es, sie zu füttern und zu spielen.

Während sie spielten, sahen sie ein kleines Boot aus Holz mit einem Segel. Es war groß genug für sie.

Die Kinder waren neugierig und gingen zum Boot. Sie fragten sich, woher es kam.

"Wer hat das Boot hier gelassen?", fragte Paulchen. "Ich weiß es nicht", antwortete Leni. "Wie heißt es?", fragte Anna. "Können wir damit fahren?", fragte Felix.

Sie sahen, dass es "Die Abenteuerlustige" hieß. Sie fanden den Namen lustig.

"Das passt zu uns", sagte Anna. "Das macht Lust auf Abenteuer."
"Kommt, lasst uns einsteigen", sagte Felix.

Die Abenteuerlustige

Sie stiegen ins Boot und fanden Ruder und ein Steuerrad. Sie fühlten sich wie Matrosen. "Das ist ja ein Schiff", sagte Paulchen. "Das ist ja wie eine Insel", sagte Leni. "Das ist ja wie eine Reise", sagte Anna. "Das ist ja wie ein Traum", sagte Felix.

Sie ließen das Boot auf dem Wasser gleiten. Sie ruderten und steuerten, wie sie wollten. Sie hatten Spaß und lachten. "Das ist ja toll", sagte Paulchen. "Das ist ja spannend", sagte Leni. "Das ist ja wunderschön", sagte Anna. "Das ist ja fantastisch", sagte Felix.

Das Boot wurde schneller, der Wind stärker, der Teich größer. Sie sahen das Ufer nicht mehr. Sie sahen nur Wasser und Himmel. Sie waren mitten auf dem großen Teich.

Die Kinder erschraken. Sie wussten nicht, wie das passiert war. Sie wussten nicht, wie sie zurückkommen sollten. Sie hatten Angst und riefen um Hilfe.

"Hilfe! Hilfe!", schrien sie. "Wir sind verloren!" "Wir wollen nach Hause!", schrien sie. "Wir vermissen unsere Eltern!"

Sie hofften, dass jemand sie hören und retten würde.

Die Abenteuerlustige

Aber niemand hörte sie. Nur der Osterhase. Er hat das Boot geschenkt. Er wollte ihnen eine Reise schenken. Er tat ihm leid, dass er ihnen Angst gemacht hatte. Er beschloss, ihnen zu helfen. Er fuhr zum Dorfteich. Er sah, dass das Boot weg war. Er wusste, dass es auf dem großen Teich war. Er wusste, wie er es zurückholen konnte. Er hatte eine Fernbedienung. Er drückte auf einen Knopf. Er hoffte, dass es noch nicht zu spät war.

"Keine Sorge, Kinder", sagte er zu sich selbst. "Ich bin gleich bei euch. Ich bringe euch zurück. Ich bin euer Freund." Das Boot spürte, wie es gestoppt wurde. Es drehte sich um und fuhr zurück. Es wurde langsamer und ruhiger. Es kam dem Ufer näher. Die Kinder, Fufu und Hopsi sahen den Dorfteich und die Bäume. Sie sahen auch den Osterhasen, der winkte.

9. Geschichte: *"Spaß und Abenteuer: Der unvergessliche Tag am Abenteuerspielplatz mit dem Osterhasen"*

Die Kinder, Fufu und Hopsi spielten auf dem Abenteuerspielplatz, den der Osterhase ihnen geschenkt hatte. Sie hatten viel Spaß mit der Rutsche, der Schaukel, der Wippe, der Kletterwand, der Hängebrücke, der Seilbahn und vielem mehr. Sie fühlten sich wie Abenteurer.

"Das ist ja super hier", sagte Paulchen. "Das ist ja riesig hier", sagte Leni. "Das ist ja spannend hier", sagte Anna. "Das ist ja lustig hier", sagte Felix.

Sie machten Wettbewerbe, wer schneller, höher, weiter oder mutiger war. Sie feuerten sich an und lobten sich.

"Los, Paulchen, du schaffst das", rief Leni. "Du bist der Schnellste."

"Los, Leni, du schaffst das", rief Anna. "Du bist die Höchste."

"Los, Anna, du schaffst das", rief Felix. "Du bist die Weiteste.

Los, Felix, du schaffst das", rief Paulchen. "Du bist der Mutigste."

Fufu und Hopsi waren die Entdecker. Sie sprangen, rollten, hüpften, purzelten und entdeckten neue Dinge. "Schau mal, Fufu, was ist das?", fragte Hopsi. "Das ist eine Blume", antwortete Fufu. "Schau mal, Hopsi, was ist das?", fragte Fufu. "Das ist ein Käfer", antwortete Hopsi.

Der Osterhase sah ihnen heimlich zu und freute sich. Er sagte leise: "Viel Spaß, meine lieben Kinder, Fufu und Hopsi." Am Abend gingen sie nach Hause und bedankten sich beim Osterhase. "Das war ein toller Tag", sagten sie alle. "Du bist der Beste." "Bitte, meine lieben Kinder", sagte der Osterhase. "Ich habe noch mehr Geschenke für euch. Morgen zeige ich euch etwas ganz Besonderes." "Was ist es?", fragten die Kinder. "Das ist eine Überraschung", sagte der Osterhase. "Trefft mich am Dorfbrunnen um zehn Uhr." "Okay, Osterhase, wir sind gespannt", sagten die Kinder, Fufu und Hopsi."Wir werden da sein." "Sehr gut, meine lieben Kinder", sagte der Osterhase. "Ich freue mich auf morgen. Bis dann." Sie träumten vom Abenteuerspielplatz und freuten sich auf die nächste Überraschung.

10. Geschichte: *"Der Dorfbrunnen: Eine Überraschung vom Osterhasen"*

Die Kinder, Fufu und Hopsi trafen sich am Samstag mit dem Osterhasen am Dorfbrunnen. Er hatte eine Überraschung für sie: viele bunte Ballons, die wie Ostereier aussahen.

"Da seid ihr ja!", rief der Osterhase, als er sie kommen sah. "Ich habe euch etwas Tolles mitgebracht. Schaut mal hier!"

Er zog ein großes Tuch von einem Korb herunter, in dem Ballons schwebten. Die Kinder, Fufu und Hopsi staunten über die leuchtenden Farben.

"Wow, sind die schön!", sagte Paulchen. "Was sind das für Ballons?", fragte Leni. "Das sind meine Ballons", erklärte der Osterhase. "Ich habe sie für euch gemacht. Sie sind wie Ostereier, nur viel schöner. Sie können fliegen. Sie können euch fliegen lassen." "Fliegen?", wiederholte Anna. "Fliegen?", echote Felix.

fliegen", bestätigte der Osterhase. "Ihr müsst nur einen Ballon nehmen und ihn festhalten. Er wird euch in die Luft heben. Ihr könnt dann über das Dorf und den

Wald fliegen. Ihr könnt alles von oben sehen. Ihr könnt euch frei fühlen."

"Das klingt ja fantastisch!", rufen die Kinder. "Dürfen wir das wirklich?", fragte Fufu und Hopsi.

"Natürlich dürft ihr das", sagte der Osterhase. "Das ist mein Geschenk für euch. Aber ihr müsst aufpassen, dass ihr nicht zu hoch oder zu weit fliegt. Ihr müsst immer in meiner Nähe bleiben. Ich werde euch begleiten und auf euch aufpassen. Ich bin euer Freund." "Danke, Osterhase, du bist der Beste", sagten die Kinder, Fufu und Hopsi. "Wir vertrauen dir."

Sie nahmen jeder einen Ballon und hielten ihn fest. Der Ballon hob sie in die Luft und sie flogen mit dem

Osterhasen über das Dorf und den Wald. Sie sahen alles von oben und hatten viel Spaß. Sie fühlten sich frei und glücklich. Sie dankten dem Osterhasen für sein Geschenk und verabredeten sich für Sonntag. Sie erzählten ihren Familien und Freunden von ihrem Abenteuer. Sie sagten, dass es der beste Tag ihres Lebens war. Alle freuten sich für sie.

11. Geschichte: *"Abschiedsgeschenke vom Osterhasen: Eine unvergessliche Begegnung am Dorfbrunnen"*

Die Kinder, Fufu und Hopsi trafen sich am Sonntag mit dem Osterhasen am Dorfbrunnen. Er hatte viele Geschenke für sie, die wie Ostereier aussahen.

"Das ist mein Abschiedsgeschenk für euch", sagte er. "Ich muss gehen. Ich bin der Osterhase. Ich muss anderen Kindern Freude bringen. Ich muss meine Aufgabe erfüllen."

"Was? Du gehst weg?", fragten die Kinder.

"Was? Du gehst weg?", fragten Fufu und Hopsi. "Wir lieben dich. Wir brauchen dich. Wir sind deine Freunde."

"Ich liebe euch auch, meine lieben Kinder", sagte der Osterhase. "Ich brauche euch auch. Ich bin euer Freund. Aber ich gehöre allen Kindern. Ich gehöre der Welt. Ich gehöre dem Frühling, dem Leben und der Liebe. Ich muss gehen. Aber ich werde euch immer lieben."

Die Kinder, Fufu und Hopsi weinten. Sie wollten ihn nicht gehen lassen. Der Osterhase tröstete sie. Er sagte ihnen, dass er ihnen die Geschenke als Abschiedsgeschenk gab. Er sagte ihnen, dass er etwas für jeden von ihnen hat, etwas, das sie glücklich machen und an ihn erinnern würde. Er gab ihnen die Geschenke. Er sagte: "Bitte öffnet die Geschenke und erfreut euch an ihnen. Sie sollen euch immer an mich erinnern!"

Sie öffneten die Geschenke. Sie sahen, was darin war. Sie waren überrascht und glücklich. Sie sahen, dass der Osterhase ihnen etwas Besonderes geschenkt hatte.

Er hat Paulchen ein Buch geschenkt. Es war ein Buch über Abenteuer. Es war ein Buch über Piraten, Schätze, Inseln und Meer. Es war ein Buch, das Paulchen liebte.

Er hat Leni eine Puppe geschenkt. Es war eine Puppe mit langen blonden Haaren. Es war eine Puppe mit einem schönen Kleid. Es war eine Puppe, die Leni liebte. Er hat Anna eine Kette geschenkt. Es war eine Kette mit einem Anhänger. Es war ein Anhänger in Form eines

Herzens. Es war eine Kette, die Anna liebte. Er hatte Felix einen Ball geschenkt. Es war ein Ball mit bunten Streifen. Es war ein Ball zum Werfen, Fangen, Kicken und Rollen. Es war ein Ball, den Felix liebte. Er hat Fufu und Hopsi jedem eine Mütze geschenkt. Es waren zwei Mützen mit Hasenohren. Es waren zwei Mützen, die sie warm hielten. Es waren zwei Mützen, die sie an den Osterhasen erinnerten.

Die Kinder, Fufu und Hopsi bedankten sich bei dem Osterhasen. Sie sagten: "Wir lieben deine Geschenke, wir lieben dich, Osterhase und du wirst immer unser bester Freund sein, den wir je hatten!"

Er verabschiedete sich von ihnen. Er sagte:" Ich muss jetzt aber gehen, aber nächstes Jahr werden wir uns ja wiedersehen! Ich werde euch immer lieben!"

Er stieg in seinen Korb. Er ließ die Ballons los und schwebte in die Luft. Er winkte ihnen zu und lächelte.

Die Kinder, Fufu und Hopsi winkten ihm zurück. Sie lächelten. Sie sahen ihm nach. Sie sahen, wie er kleiner und kleiner wurde. Sie sahen, wie er verschwand.

12. Geschichte: *"Kreative Vorbereitungen für Ostern: Ein Versprechen der Liebe und Freundschaft"*

Sie gingen danach nochmal zu Paulchen und Leni. Paulchen und Leni hatten eine Idee, sie wollen nächstes Jahr an Ostern ihre kreativ gemalten und genähten Sachen verkaufen und den Erlös einem Kinderheim spenden und einen Teil dem Osterhasen geben, dies fanden Anna und Felix toll und halfen bei der Umsetzung.

Paulchen und Leni arbeiteten fleißig an ihren Sachen. Sie malten und nähten jeden Tag. Sie machten viele verschiedene Sachen. Sie malten Bilder von Tieren, Blumen, Landschaften und Märchen. Sie nähten Jacken, Mützen, Schals und Handschuhe. Sie machten auch Kissen, Decken, Taschen und Puppen.

Sie hatten viel Spaß dabei. Sie waren kreativ und erfinderisch. Sie probieren neue Techniken und Muster aus. Sie machten ihre Sachen bunt und fröhlich. Sie machten ihre Sachen schön und nützlich.

Anna und Felix halfen ihnen, wo sie konnten. Sie halfen beim Zuschneiden, Zusammenstecken und Reinigen der Pinsel. Sie halfen auch beim Bügeln, Falten und Verpacken der Sachen. Sie waren gute Helfer und gute Freunde.

Auch Fufu und Hopsi waren dabei. Sie waren die Maskottchen und die Tester der Sachen. Sie trugen die Jacken, Mützen, Schals und Handschuhe. Sie kuschelten sich in Kissen, Decken, Taschen und Puppen. Sie posierten für die Bilder und gaben ihre Meinung ab. Sie waren süß und lustig.

Sie alle hatten viel Spaß zusammen. Sie lachten, sangen und erzählten Geschichten. Sie aßen, tranken und naschten. Sie waren glücklich.

Sie arbeiteten bis kurz vor Ostern. Sie machten viele Sachen. Sie füllten mehrere Körbe mit ihren Sachen. Sie waren sehr stolz auf ihre Werke. Sie waren bereit für den Verkauf.

13. Geschichte: *"Ostermarkt der Liebe: Geschenke für Freunde und eine große Familie"*

Der Osterhase kam nach einem Jahr wieder zu Fufu und seinen Freunden. Sie haben viele schöne Sachen für den Ostermarkt gemacht. Sie freuten sich sehr, ihn wiederzusehen. "Da bist du ja wieder, Osterhase!", rief Fufu. "Wir haben dich so vermisst." "Ich bin froh, euch wiederzusehen", sagte der Osterhase. "Ich habe etwas für euch. Ich habe Geschenke für euch." "Was hast du denn?", fragten die Kinder. "Zeig es uns."

Der Osterhase zeigte ihnen seine Geschenke. Er hatte Schokolade, Bonbons, Plüschtiere, Bücher, Spiele, Musik und vieles mehr. Die Kinder waren begeistert. "Das ist ja fantastisch", sagten sie. "Wir lieben deine Geschenke. Wir lieben dich, Osterhase." Sie bedankten sich bei dem Osterhase. Sie gingen mit ihm zum Ostermarkt. Sie verkauften ihre Sachen und kauften andere Sachen. Sie teilten ihre Geschenke und feierten die Liebe. Sie waren glücklich und zufrieden. Sie waren eine große Familie.

"Kreative
Sachen für
einen guten
Zweck.
Der Erlös
geht an das
Kinderheim."

14. Geschichte: *"Frühlingserwachen mit Herz: Paulchen und Lenis Ostermarkt für einen guten Zweck"*

Paulchen und Leni verkauften am Ostersamstag ihre selbstgemachten Sachen auf dem Marktplatz. Sie hatten ein Schild aufgehängt: "Kreative Sachen für einen guten Zweck, der Erlös geht an das Kinderheim."

Die Leute waren neugierig und begeistert von den Sachen. Sie fragten Paulchen und Leni, wer die Sachen gemacht hatte. Paulchen und Leni erzählten ihnen von ihrer Idee und ihren Freunden. Die Leute lobten sie und kauften ihre Sachen. Sie sagten: "Ihr seid sehr talentiert und großzügig. Wir wünschen euch viel Erfolg und ein frohes Osterfest."

Paulchen und Leni sammelten viel Geld. Sie gingen zum Kinderheim und schenkten ihnen das Geld und einige Sachen. Die Kinder und die Betreuer dankten ihnen und freuten sich. Sie sagten: "Ihr habt uns sehr geholfen. Das war lieb von euch." Sie luden Paulchen und Leni zum Kaffee und Kuchen ein. Sie wurden Freunde. Sie waren glücklich und zufrieden. Sie träumten von diesem schönen erfolgreichen Tag.

15. Geschichte: *"Auf eigenen Füßen: Die Verwirklichung von Träumen und der Abschied vom Osterhasen"*

Die Kinder verabschiedeten sich vom Osterhasen, der ihnen viel beigebracht und geschenkt hatte. Sie haben ihre Träume gefunden und verwirklicht. Sie wollten die Welt mit ihren Talenten und ihrer Liebe verbessern. Sie versprachen dem Osterhasen, ihn immer in Erinnerung zu behalten.

Sie sagten ihm: "Du bist unser bester Freund. Wir danken dir für alles. Wir werden dich vermissen. Aber wir wissen, dass du immer da bist, wenn wir dich brauchen. Wir haben dich lieb."

Sie haben viel gelernt und Erfahrungen mit dem Osterhasen gemacht. Sie hatten viele Abenteuer gehabt und viele Freunde gefunden. Sie haben viele Geschenke bekommen und viele Geschenke gemacht. Sie hatten viel Spaß gehabt und viel gelacht. Sie haben viel Liebe gegeben und viel Liebe bekommen.

Sie wussten, was sie werden wollten, wenn sie groß waren. Paulchen wollte Maler werden. Leni wollte Schneiderin werden. Anna wollte Ärztin werden. Felix wollte Musiker werden. Fufu und Hopsi wollten Abenteurer werden.

Sie hatten ihre Träume verwirklicht. Sie haben hart gearbeitet und viel gelernt. Sie haben ihre Talente entwickelt und ihre Ziele erreicht. Sie haben ihre Arbeiten gezeigt und ihre Erfolge gefeiert. Sie hatten ihre Arbeiten für den Ostermarkt verkauft. Sie haben ihre Erlöse für gute Zwecke gespendet. Sie haben ihre Geschenke für alle gemacht. Sie haben ihre Liebe für den Osterhasen gezeigt.

Sie sagten dem Osterhasen Lebewohl, der ihr erster Held gewesen war. Sie sagten ihm: "Wir lieben dich und du bist unser bester Freund. Wir sind dankbar für deine Hilfe und deine Ratschläge. Wir werden dich vermissen, aber wir wissen, dass du immer für uns da bist. Wir werden dich jedes Jahr wiedersehen."

Er küsste sie und sagte: "Ich liebe euch und bin stolz auf euch. Folgt euren Träumen und seid glücklich. Wir sind immer Freunde."

Er stieg in seinen Ballon, flog los und lächelte. Die Kinder, Fufu und Hopsi winkten ihm noch ein letztes Mal zu und lächelten.

Liebe Leserinnen und Leser,

ich möchte mich von Herzen bei euch für die Zeit bedanken, die ihr meinem Buch gewidmet habt. Ich hoffe, es hat euch mit Freude, Liebe und Magie verzaubert.

Ein besonderer Dank gebührt meiner Familie, die mir stets Raum und Zeit zum Schreiben geschenkt hat.

Ein herzliches Dankeschön geht besonders an meine liebe Tante H.Streich, die nicht nur Teil meiner Familie ist, sondern mir auch bei meinen Illustrationen hilft und damit einen unvergleichlichen Beitrag zu diesem Werk geleistet hat.

Mit Dankbarkeit,
Maibrit Paeger